Herta Steiner - Weil ich Dich mag

Spanne die Flügel Deiner Seele,
spanne sie weit, ganz weit,
steige auf über Deinen Schatten,
ins Licht, in die neue Zeit.

Herta Steiner

Weil ich Dich mag

Auslieferung durch
UNIPRESS Verlag Salzburg

ISBN 3-85419-125-1

Aquarelle von Elfriede Steinbrenner
D-74626 Bretzfeld

Druck: Druckerei Roser, Mayrwies/Salzburg

Inhaltsverzeichnis

Vorwort

In der Stille und in der Ruh
flogen mir diese Gedanken zu.

Ohne Zensur, ohne Streichung, Veränderung oder Ergänzung durch meine Gedanken, gebe ich die Texte weiter. Für mich ist jedes meiner Gedichte ein Geschenk, ein Geschenk, das aus dem Blauen kommt. Ich kann nicht immer schreiben oder dann, wenn ich es mir einbilde, sondern nur, wenn es wie ein Befehl über mich kommt. In Windeseile schreibe ich die Zeilen nieder, die da zu schreiben sind, kenne den Inhalt von Anfang bis Ende nicht, weiß auch nicht was sich da herauskristallisiert, wann und wie das Ende sein wird, ich schreibe einfach.

Nicht gedacht und doch geschrieben,
nicht gewollt und doch getan!
War von einer Kraft getrieben,
die ich nicht beschreiben kann.

Woher sie kommen, diese Zeilen,
ist Rätsel mir von Anbeginn,
jedoch hier laß ich dankbar walten,
den Geist, der es so haben will!

Mag sein, daß man manches Gedicht zweimal lesen muß, um hinter den Sinn zu kommen, mag sein, daß das eine oder andere Gedicht gar nicht so recht verstanden wird. Nachdem es jedoch im ganzen Universum nichts ohne Sinn gibt, also nichts sinnlos waltet, glaube ich daran, daß dieses Büchlein seinen Sinn hat.

Für mich ist jedes Gedicht ein Schatz von Wörtern, aus denen sich jeder heraussuchen kann, was er braucht.

Ich wünsche Ihnen nun, daß Sie in der Schatztruhe vieles finden, was im Moment oder für spätere Zeit so wertvoll ist, daß Sie es in Ihrem Herzen bewahren.

In herzlicher Verbundenheit und Liebe

Ihre Herta Steiner

Erwache Freund zu neuem Leben,
schlag Brücken nur und Mauern brich,
Weite wird dein Herz so haben,
und trennen Dich vom kleinen Ich!

Die neue Zeit

Wir gehen einer neuen Zeit entgegen, einer Zeit die sich von der bisherigen schon deshalb unterscheiden wird, weil alles was geschieht, schneller geschieht. Verschiedene Dinge scheinen sich oft blitzartig zu verändern, was gerade noch Gültigkeit hatte ist plötzlich überholt, was für diese Situation richtig war, ist für eine andere, ähnliche, völlig unmöglich.

Althergebrachte Ideen und Leitmotive haben keinen Wert mehr, einfach weil die Menschen mehr wissen und nach neuen Wert- und Lebenszielen suchen. Vielleicht auch, weil die Menschheit beginnt, den Gott in jedem zu sehen, auch in sich selbst, und weil der Mensch wagen wird, diese göttliche, innere Kraft zu akzeptieren und zu leben.

Wir werden mit wachsender Klarheit erkennen, daß die Menschheit aufgerufen ist eine Bewußtseinsänderung zu vollziehen um so, durch mehr Selbstbewußtsein, Selbsterkennung und Selbstverantwortlichkeit, einen Wandel zu bewirken.

Wir sind gerufen Liebe zu vermehren!
Wir sind gerufen Gott in uns zu ehren!
Wir sind gerufen einer Fakel gleich,
Licht zu tragen in der Menschen Reich!
Licht zu entzünden wo Dunkelheit regiert,
wo Gottes Geist noch nicht wird verspürt!

Das Abenteuer Leben

Wenn man älteren oder alten Menschen zuhört, dann vernimmt man oft die Worte: "Nun ja, ich habe mein Leben gelebt! Was habe ich noch zu erwarten?" Sie sprechen, als ob ihr Leben bereits beendet sei.
Fürwahr, mit solchen Aussagen schaffen sie es dann auch tatsächlich, das Abenteuer Leben in einen langweiligen Wartesaal zu verwandeln.

Viele Menschen mittleren Alters haben sich in eine psychische Gefangenschaft begeben und behindern sich damit selbst ihrer Freiheit, indem sie sich ständig vor Augen halten oder sich einreden was sie nicht können oder was schon immer so war. Es sind dies Einstellungen, Gewohnheiten oder Vorstellungen, die sie zum König ihres Lebens gekrönt haben.

Dabei kann jede Intuition, jede Idee, jedes Ereignis, jede Begegnung, jeder Versuch, jede Veränderung, jede Einsicht, ja überhaupt alles in unserem Leben eine Veränderung unserer inneren Bilder mit sich bringen und eine veränderte Verhaltensweise hervorlocken.

Noch wichtiger ist, daß sich im Verlauf unserer Entwicklung, unseres Wandels, neue Interessen, neue Kontakte und neue Möglichkeiten ergeben, und wir dadurch in unser gewohntes Leben gänzlich neue Aspekte einfließen lassen können.

Neue Wege des Seins und des Verhaltens würden von den Menschen und Situationen um uns neue Reaktionen hervorrufen. Mit anderen Worten: Wir ändern sowohl die Qualität unseres persönlichen Lebens wie auch den "Charakter" unserer Umwelt, wenn wir nicht Gefangene unserer Gewohnheiten sind, sondern das Abenteuer Leben wirklich leben.

Wir alle sind Suchende, wir befinden uns am Weg zu Gott. Ob wir dies nun wahrhaben wollen oder nicht. Gleichzeitig ist es aber auch so, daß wir von Gott gesucht werden, daß der in jedem Menschen beinhaltete Gottesfunke wie ein Magnet wirkt.

Mag sein, daß so mancher sich dagegen wehrt, sich der inneren Kraft, die da unsere Kompaßnadel bewegt, nicht bewußt ist und trotzdem ist er geführt und geleitet.
Durch den Verstand oft abgelenkt verläßt er das eine oder andere Mal den Weg, macht einen großen Bogen, schwenkt ab, schert aus, aber irgendwann wird er sich wieder, vielleicht ein bißchen erschöpft von den Mühnissen und Hindernissen die er zu bewältigen hatte, am richtigen Weg finden.

Während all dieser Zeit ist er als Suchender unterwegs und innerlich spürt er, auch wenn er es nicht zugeben will, daß er die Spur etwas verloren hat, daß er dabei ist einen Umweg zu machen, daß er im Dschungel des Lebens, der Welt, einem Phantom nacheilt.

Vielleicht ist es sogar wichtig diese Erfahrungen zu machen damit dann, wenn dieser Irrweg ein Ende gefunden hat, wenn die "Erlösung" durch "Erkenntnis" erfolgte, sich die Freude darüber zu einer Glückseligkeit steigern kann.

Ich kann nicht glauben, daß Gott es will,
daß ich nur traurig, unglücklich bin.
Ich kann nicht glauben, daß Gott es will,
daß nur durch Leid ich komme zum Ziel.

Eher scheint mir, ich hab noch nicht begriffen,
warum ich manchmal werd' geschliffen.
Hab ich die Demut noch nicht gelernt?
Mich zu weit von Gottes Wollen entfernt?

Wahrscheinlich hab ich selbst das gesät,
was jetzt zu ernten mir zusteht!
Wenn dem so ist muß ich mich besinnen
und besseres Saatgut ins Leben bringen.

ERHEBE DICH

Ein Tag, ein neuer Tag
zeigt seinen ersten Schein,
ganz zaghaft hebt er an sein Licht,
will von der Dunkelheit befrei'n.

Heller, immer heller,
wird es am Firmament,
so hell, daß Mond und Sterne
man nimmermehr erkennt.

O welch' ein Reiz,
welch wunderbares Spiel,
welch zärtliches Geschehen,
das uns da zeigen will:

Ein neuer Tag, ein neuer Anfang
nimmt wieder seinen Lauf,
und du, du bist dabei,
erhebe dich, wach auf......

Die Premiere

Heute habe ich Premiere!
Du fragst mich, wieso und warum?
Ganz einfach, weil ein neuer Tag begann,
und ich noch nicht weiß, wie er läuft.

So einen Tag wie heute hat es noch nie gegeben,
so ein Tag wie heute wird nie mehr wieder sein,
ist das nicht schön, nicht wunderbar?

Verstehst du, daß er, so wie er ist,
Premiere wird, dieser Tag, dieser neue,
wichtige Tag in meinem Leben?
Ihm will ich meine ganze Aufmerksamkeit geben.

Und Gott sprach:

Ich schenkte dir ein volles Leben
mit aller Schönheit, die es gibt,
dich glücklich zu sehen, war mein Bestreben
und Wahrheit ist, du bist geliebt.

Auch habe ich ein Licht gestellt
in deines Lebens Sein,
das leuchtend deinen Weg erhellt,
es läßt dich nie allein.

Nur dann, wenn du mein Licht nicht achtest,
wenn du nach deinem Schein nur trachtest,
könnt sein, daß Dunkelheit dich narrt
und falsche Wege dir nicht spart.

Daß Schutz und Trost,
die dieses Licht dir geben,
nicht findest du auf dunklen Wegen,
und alle Herrlichkeit,
die ich für dich bereitgestellt,
eingekerkert ist in trüber Sinne Welt.

Mit Liebe hab ich dich erschaffen,
und diese Liebe kennt kein Strafen.
Dein Tun will ich nicht kritisieren,
du hast die Freiheit zu probieren.

Ob dein Leben lebenswert,
liegt einzig und allein an dir,
du bist der Herr und Schöpfer deines Schicksals,
das volle Leben ist von mir.

Weil ich dich mag

Ich wiege dich in meinen Armen
und tröste dich, wenn du es läßt!
Ich streichle leise deine Wangen
und zärtlich halte ich dich fest!

Geborgenheit bei mir,
das möchte ich dir schenken,
beschützend bei dir sein
und deine Schritte lenken.

Fest halt ich dich im Sturm der Zeit
und nichts kann dich verletzen,
läßt du von meinem Geist dich leiten
und nicht von Ängsten hetzen.

Du bist, als Teil von mir,
geboren für das Leben!
Und dir, als meinem Kinde,
ist Freude mitgegeben.

Immer wenn du Freude lebst
bist du mit mir verbunden,
und wenn du sie dann weiterschenkst,
sind Grenzen überwunden!

Laß die Freude nie versiegen,
leb und schenk sie jeden Tag!
Freude ist wie Luft zum Atmen,
gegeben dir, weil ich dich mag!

Die Quelle der Kraft

Suche nicht außen was dir innen gegeben,
die Quelle der Kraft ist in deinem Sein.
Alles was Gutes in deinem Leben,
kommt nicht von irgendjemand,
sondern von dir allein.

Du hast die Freiheit den Frieden zu leben
und Freiheit Gutes zu tun,
du hast die Freiheit Liebe zu geben,
nur durch dich können Sorgen und Nöte ruhn.

Alle Freude, alles Gute, alle Kraft
entspringt aus deinem Herzen,
nur der Zweifel daran
verursacht dir Schmerzen.
Hab Vertrauen in deine göttliche Kraft,
so bist du nicht Knecht,
sondern Meister der schafft.

Erwache und wisse, du bist Gottes Kind,
nütze die Kraft, die daraus entspringt,
glaube daran, dir ist die Freiheit gegeben,
dich zu sorgen oder freudvoll zu leben.

Das Rad des Lebens

Das Leben ist wie ein Rad, ein Rad das sich ständig weiterdreht, das ständig in Bewegung ist.
Dieses Rad wird indirekt von uns in Bewegung gehalten, von unseren Energien, von unserer Bereitschaft, es sich drehen zu lassen.
Mit jeder Drehung, Weiterbewegung des Rades geraten wir in eine neue, andere Phase des Lebens, des Erlebens.
Der Logik der Bewegung des Rades verschließt sich unser Denken und Wissen! Nur etwas können wir uns gut vorstellen. Wenn wir unsere Gedanken und Gewohnheiten oder unsere negativen Gefühle und Eigenschaften völlig ohne Kontrolle, wie Bänder oder Schleifen oder Fäden, im Winde "herumflattern" lassen, dann könnte sich daraus eine Verstrickung mit den Speichen des Rades ergeben und die Bewegung damit sehr behindern. Es könnte sogar sehr mühsam werden, die Drehung oder Weiterbewegung des Rades wieder in Schwung zu bringen.

Wenn so etwas in unserem Leben passiert, dann lautet unsere Frage meistens:
"Warum gerade ich?"
"Warum gerade bei mir?"

Wir denken sofort an einen Bösewicht da draußen, der uns diese Verwicklungen angetan hat, der uns blockiert und damit die hindernisfreie Fahrt unmöglich macht, der uns die Weiterfahrt nicht gönnt.

Eine Zeitlang bemühen wir uns "heldenhaft", uns diesem Knäuel entgegen zu stellen und mit letzter Kraft das Rad in Bewegung zu halten.

Immer mehr aber halten wir Ausschau nach den Übeltätern, den schlechten, bösen Menschen die uns das angetan haben und immer müder werden wir, manchmal auch verzweifelt, vielleicht sogar zornig und fluchend.

Würden wir unsere innere Weisheit zu Rate rufen, so würde sie uns sicher Mut zusprechen, sie würde uns vielleicht raten die Fäden oder Bänder des Knäuels nach und nach zu lösen, abzustreifen, ja sie sogar wegzuwerfen. Unsere innere Weisheit würde uns sicher raten, diese hindernden Gedanken und Gewohnheiten, negativen Gefühle und Eigenschaften abzulegen, haben sie doch gezeigt, daß sie der Freude Ursprung nicht sind, daß sie uns in Schwierigkeiten und Unbeweglichkeit brachten.

Wie oft meinen wir, daß andere unser Gutes hemmen?
Wie oft geben wir äußeren Umständen und anderen Menschen die Macht, sich zwischen uns und unser Gutes zu stellen?

Das Rad des Lebens wird sicher über den einen oder anderen Stolperstein fahren müssen. Mit unserer inneren Weisheit, unserer inneren Energie aber würden wir erfahren können, daß die Weiterfahrt nichts hindert und sie zu einem freudigen Erlebnis werden läßt, wenn wir dazu bereit sind.

Setze mutig deine Taten,
gehe zögernd nie voran,
denn viele Dinge woll'n nicht warten,
sie fordern, daß sie gleich getan.

Vergeben

Vergeben, so sagen viele, fällt mir schwer,
vergeben, die Schuld eines anderen, nimmermehr!

Du bist inkarniert, um etwas zu lernen,
du bist inkarniert, um dich zu entfernen
von Dingen, die Last und Belastung dir sind.
Und was tust du liebes Erdenkind?

Du trägst einem jeden etwas nach,
siehst nur Erfüllung in Rache und Schmach.
Wie eng ist doch dein Horizont!
Glaubst du wirklich, daß sich das lohnt?

Eine Bürde hast du dir aufgeladen
und trägst sie nun ganz ohne Gnaden.
Merkst du denn nicht, wie mühevoll es ist?
Drum lieber Mensch, vergib und vergiß,
damit du frei dich kannst erheben
und leben, ja, freudig leben!

Die Gefangenschaft

Komm mit mir, ich zeige dir
die Welt und ihre Schönheit.
Komm mit mir! Mach auf die Tür!
Zur Freude sei bereit!

Nein, nein ,mein Freund,
das kann ich nicht
hab hier etwas zu tun.
Ich hüte einen Schuldigen,
darf rasten nicht noch ruhn!

Ich hab einen Gefangenen,
den muß ich streng bewachen.
Als Kerkermeister sitz ich hier
und habe nichts zu lachen.

Mein lieber Freund, wie das, warum?
Was hast du mit dem Fall zu tun?
Als Wächter sitzt du hier
und draußen ruft das Leben nach dir!

Vergiß doch den Gefangenen
und eile mit mir fort!
Es gibt so vieles noch zu sehen,
Gefängnis ist kein guter Ort!

Nein, nein, das kannst du nicht verstehen!
Ich will mit dir nicht Schönheit sehen.
Will den Gefangnen nicht vergessen,
denn Sühne find ich angemessen.

Schließlich sitzt der Gefangene
durch meiner Klage Kraft
hier in diesem dunklen Loch.
Das habe ich geschafft.

Er hat mich einst gekränkt,
mir Schmerzen zugefügt.
Nun sitz ich hier und bin sein Wächter,
sein "Verzeih mir" hat nicht genügt.

Ich kann es nicht vergessen,
vergeben will ich nicht.
Er bleibt hier im Gefängnis
ganz ohne Lieb und Licht.

Nun gut, ich kann es nicht erzwingen,
daß du ihm Freiheit schenkst;
Doch überlege einmal kurz,
wie sehr du dich beschränkst?

Du könntest froh und heiter
die Welt, der Sonne Licht genießen,
müßtest nicht aus lauter Rache
dich selbst ins Dunkle schließen.

Sag nicht, das Leben sei nicht schön,
sei nur ein Jammertal,
sei düster, dunkel, ohne Freude
und dir schon eine Qual.

Siehst du als Kerkermeister dich geboren,
so geht des Lebens Schönheit dir verloren.
Du bist es, der der Freiheit sich beraubt,
weil nicht vergebend, nur an Sühne glaubt.

Nun gut, ein jeder wie er will,
Kerkermeister sein ist nicht mein Ziel.
Will nicht mein eigener Gefangener sein
nur, weil dem anderen ich nicht kann verzeihn.

Leb wohl, du Hüter eines anderen Schuld,
du selbstgerechter Tor!
Er ist vielleicht schon längst aus der Zelle,
und du, du sitzt noch immer davor.

DER RUCKSACK

Du willst in's Paradies hinein?
Wo hast du deinen Eintrittsschein?
Aha, hier ist die Legitimation,
Moment, ich überprüfe schon.

Ja, stimmt, du bist für heute angesagt,
in dieser Liste eingetragen,
hab dich, weil es die Ordnung will,
noch einiges zu fragen:
Wie ist es dir ergangen auf deiner Erdenreise?
Lief alles ab nach Plan?
War sie für dich nur Freude oder
hast du dir schwer getan?
Aha, hier sehe ich, hast du etwas versäumt,
hast wohl nicht hingehört, ein bißchen taggeträumt.
Nun gut, das ist nicht schlimm,
du hast es korrigiert,
auch hier seh ich, wie schön,
hast hilfreich du agiert.

Du hast es dir nicht leicht gemacht,
warum mein Freund sag an?
Das hat dir Kummer und Sorgen gebracht,
war aber nicht im Plan!

Natürlich, du hattest die freie Wahl,
zu lernen durch Leid oder Freud.
Du hast des öfteren Leid gewählt.
Kannst du das erkennen heut?

Im großen und ganzen sehe ich,
du hast dich redlich bemüht,
ein paar kleine Sünden wurden dir erlassen,
sie sind durch Gnade verglüht.

Eine Schwierigkeit gibt es noch:
Du trägst einen Rucksack bei dir.
Dieser Rucksack, mein Freund, wird
dich hindern, zu gehen durch die Tür.

Die Tür zum Paradies ist schmal,
nicht einfach zu passieren;
Mit diesem mitgebrachten Rucksack
brauchst du es gar nicht zu probieren.

Du trugst einem jeden etwas nach,
und Rache war dein Bestreben.
Er war im Leben dir schon Last,
weil du nicht konntest vergeben.

Nun stehst du hier vor dieser Tür
und könntest Einlaß finden,
leider kann ich dich
von deinem Rucksack nicht entbinden.

Du mußt den Planungssaal betreten,
dort warten, bis du an der Reihe.
Zurück mußt du ins Erdenleben
und lernen zu vergeben.

Kein anderer kann es für dich tun

Du bist es, du alleine nur,
der mutig sich erhebt.
Kein anderer kann es für dich tun,
ein jeder für sich lebt.

Du bist es, du alleine nur,
der liebend seine Hand ausstreckt.
Kein anderer kann es für dich tun,
drum laß sie nicht versteckt.

Du bist es, du alleine nur,
der ängstlich ist und zagend.
Kein anderer kann es für dich sein,
nur du bist, der nichts wagend.

Du bist es, du alleine nur,
der lächelnd kann vergeben.
Kein anderer kann es für dich tun,
es ist nur dir gegeben.

Du bist es, du alleine nur,
der Liebe kann verschenken.
Kein anderer kann es für dich tun,
das mußt du stets bedenken.

Alles liegt an dir, du alleine nur
bestimmst, was du willst ernten.
Keiner kann es für dich tun,
das ist's, was wir verlernten.

Du bist es, der dein Leben lebt,
der denkt und tut,
vergibt, hat Mut.
Keiner kann es für dich tun!
Drum laß das Schuldverteilen ruhn.

Du bist es, du alleine nur,
dessen sei dir eingedenk!
Keiner kann es für dich tun.
Welch göttliches Geschenk!

Wie Sie dafür sorgen, daß Ihre Welt *nicht* funktioniert!

So schwer es zu begreifen ist, so sicher ist es, daß dann, wenn wir ständig etwas erwarten auch ständig Gefahr laufen enttäuscht zu werden.

Wir erwarten so viel von anderen, erfüllt sich die Erwartung nicht, sind wir enttäuscht. Ent-täuscht heißt aber, wir haben uns einer Täuschung hingegeben (Selbsttäuschung) und nun wurden wir eines anderen belehrt, wir wurden ent-täuscht.
Wir wurden aus einer Täuschung in die Realität geführt und anstatt dafür dankbar zu sein, sind wir böse und verärgert. Ja, wir glauben sogar, der andere sei der Böse, nur weil er uns ent-täuschte. Wenn man von einem Menschen etwas erwartet oder annimmt, daß er so oder so handeln wird und er tut es dann aber nicht, oder er verhält sich entgegen unserer Erwartung, dann sagt man: "Na, der hat mich ganz schön enttäuscht!" Denkt dann womöglich auch noch, daß man diesem Menschen nicht mehr vertrauen kann, weil er doch die "Erwartungen" nicht erfüllte.

Oftmals wissen unsere Mitmenschen gar nicht, was man alles von ihnen erwartet, handeln nach ihrer eigenen Vostellung, und schon ist der in Erwartungshaltung sich befindliche, betroffen. Sagt dann auch noch: "Na, das hätte ich von dem aber nicht erwartet!"

Wie oft tun wir etwas und erwarten wenigstens einen Dank oder irgend eine Reaktion oder - noch schlimmer - eine Gegenleistung, eine Anerkennung.

Ja, groß ist die Palette der Möglichkeiten enttäuscht zu werden, wenn wir an jede Handlung, ja sogar an unsere Gedanken, eine Gegenleistung oder eine Erwartung knüpfen.

Es gibt so viele Menschen die sich unglücklich wähnen, ja todunglücklich sind, weil sie doch erwarten können, daß man ihnen stets zur Seite steht, daß man sich um sie kümmert, weil sie glauben ein Recht zu haben von den Kindern umsorgt zu werden, schließlich hat man sie doch zur Welt gebracht und sich um sie gekümmert, da darf man doch erwarten .....

Damit soll nicht gesagt sein, daß all das nicht passieren darf oder soll, nur erwarten sollte man es nicht, sonst könnte es eine herbe Enttäuschung geben.

In diesem Wort "erwarten" liegt aber auch das Wort "warten", und so könnte einem passieren, daß vor lauter warten vergessen wird, selbst auch noch etwas zu tun, zu leben und sich weiter zu entwickeln.

An sich selbst allerdings darf man die höchsten Maßstäbe der Erwartung setzten.

Erwartung

Erwartend, voll Erwartungen
verbringe ich die Tage,
erwartungsvoll, daß andere tun,
was ich zu tun nicht wage.

Erwartend, voll Erwartungen
verbringe ich die Zeit,
warte, daß man mir erfüllt,
was zu erwarten ich bereit.

Ich mein, erwarten kann ich doch,
daß jeder mich verwöhnt,
daß jeder weiß, was ich mir wünsche
und keiner tut, was ich verpönt.

Erwarten kann ich doch,
daß freundlich man mich grüßt,
daß man für das, was ich getan,
auch wirklich dankbar ist.

Erwarten kann ich doch,
daß man mir Aufmerksamkeit schenkt
und, ob gerad Zeit ist oder nicht,
an mein Wohlergehen denkt.

Erwarten kann ich doch,
daß niemand mich vergißt,
daß jeder auf mich hört,
weils doch das Beste ist.

Erwarten kann ich doch,
daß man auf etwas verzichtet,
wenn es sich gegen mein Wollen
und gegen meinen Willen richtet.

Erwarten kann ich doch,
daß man mir treu und ergeben,
ich mein, das ist das Wenigste
und doch die Pflicht eines jeden.

Erwarten kann ich doch,
daß Mitleid man verspürt,
wenn ich enttäuscht und traurig bin,
jeder betroffen ist und berührt.

Dies alles darf ich doch erwarten,
dies alles und noch vieles mehr.
Dürfte ich das nicht erwarten,
dann wär mein ganzes Leben leer.

Ja, so sitze ich und warte,
daß der andere etwas tut,
mit erwartungsvoller Haltung
und in mir da wächst die Wut.

Wenn etwas anders kommt, als ich erwartet,
dann bin ich - und das mit Recht - empört,
denn schließlich hat man mich enttäuscht,
das finde ich ganz unerhört.

Ganz und gar will's mir nicht in den Sinn,
daß ich als Erwarter ein Wartender bin,
daß ich als Erwarter wartend brüte
und als Enttäuschter dann noch wüte:

Keinem darf man vertrauen,
auf niemand kann man bauen,
ein jeder tut, was er gerade möcht,
die Menschen sind doch alle schlecht.

Ganz schnell ist dann der Satz zur Hand:
"Das hätte ich von dir nie geglaubt,
du hast mir den Glauben an dich geraubt,
enttäuscht hast du mich, gekränkt, tief verletzt,
so hätte ich dich nie eingeschätzt!"

Von dir hab ich erwartet und daran reiht sich dann,
eben gerade das, was man doch erwarten kann!
Na, was könnte das denn alles sein,
da fallen mir sicher ein paar Beispiele ein:

Von dir hab ich erwartet,...
.... daß du zu mir stehst
.... daß du mit mir gehst,
.... daß du tust was ich will,
.... daß du weißt wie ich denke,
.... daß du mir vergibst,
.... daß du mich liebst,
.... daß du mich verstehst,
.... daß du für mich durchs Feuer gehst,
.... daß du an mich denkst,

.... daß du mir etwas schenkst,
.... daß du mit mir teilst,
.... daß du bei mir weilst,
.... daß du treu mir bist,
.... daß du mich nicht vergißt,
.... daß du mich hegst,
.... daß du mich pflegst,
.... daß du für mich alles tust,
.... daß du mir jeden Wunsch erfüllst,
.... daß du dich nie in Schweigen hüllst,
.... daß du mir die Freiheit schenkst,
.... daß du nicht so an mir hängst,
.... daß du mich umsorgst,
.... daß du mir etwas borgst,
.... daß du für mich grade stehst,
.... daß du mir alles gestehst,
.... daß du mich nie enttäuschst,
.... daß du an mich glaubst,
.... daß du mir vertraust,
.... daß du mir alles erzählst,
.... daß du mich niemals quälst,
.... daß du dich mit mir freust,
.... daß du mit mir nichts bereust,
.... daß du mich abholst,
.... daß du mich erwartest,
.... daß du mich anrufst,
.... daß du mich schätzt,
.... daß du mich nie verletzt,
.... daß du mir jeden Wunsch von den Augen abliest,
.... daß du mir ewig dankbar bist.

Ja, endlos könnte ich die Liste schreiben,
wo Erwartungen zu Enttäuschungen treiben,
und die Ent-Täuschung ist es dann,
mit der man so richtig unglücklich sein kann.

So verläuft der Tag,
so vergeht die Zeit!
Daraus zu lernen,
wer ist dazu schon bereit?

So erwartet man wartend
das Ende des Lebens,
fühlt sich enttäuscht, war doch -
alles erwartend - das Warten vergebens.

Letztendlich erwartet man nur noch den Tod,
jedoch der ist zum Schluß, als Retter aus der Not,
obwohl erwartet, wieder zu früh!
Erspart bleibt einem nur der Enttäuschung Müh'!

Depression

Depression, ein Wort das oft man hört,
das, wie es scheint, zu unserer Zeit gehört.
Ich frage mich, hör' ich die Menschen klagen:
Warum muß Depression sie plagen?
Wie kommt der Zustand, warum ist er gegeben
in vieler Menschen Erdenleben?

Ist es, weil man verlernte
zu glauben an des Lebens Ernte?
Weil man am Ufer des Stromes sitzt und schaut,
sich nicht in den Strom des Lebens getraut,
immer nur wartet, daß etwas geschieht,
selbst nicht an des Lebens Zügeln zieht,
andere für sich läßt bestimmen,
statt sich eines eigenen Tuns zu besinnen?

Im Schatten eines Baumes, so soll man es sehen,
kann man nur klein sein, zur Höhe nicht gehen.
Lern aus der Natur, sieh dir die Eiche an,
die auch nicht im Schatten einer anderen groß
werden kann.

Die Sonne mußt du spüren, den Himmel, das Licht,
damit deine Seele nicht in der Dunkelheit bricht.
Geh heraus aus der Schale, die dich umfängt,
preise den Tag, weil er alles dir schenkt,
weil er es ist, der dich spüren läßt,
du lebst, du bist da, halte daran auch fest.

Liebe das Leben, schau an die Natur,
freu dich an allem und zieh deine Spur.
Geh deinen Weg und denk stets daran,
daß keiner deine Aufgabe erfüllen kann.
Geh freudig, mit dem Gesicht zur Sonne.
nur so siehst du ihrer Strahlen Wonne.
Hast du ihr den Rücken zugewandt,
wirst du vom eigenen Schatten gebannt,
der eigene Schatten ist dann die Hürde,
die langsam wird zur Daseinsbürde.

Hast du einmal diesen Bann durchdacht,
wird sich das Blatt wenden, leise und sacht.
Du kannst wieder froh und glücklich sein,
dich von deiner Bürde und Last befrein.
Laß dich vom Strom des Lebens dann tragen,
ohne nach dem Gestern oder Morgen zu fragen.
Führ deine Seele zu der Sonne Licht,
damit sie nicht im Schatten der Depression
zerbricht.

Emsigkeit

Emsig wie eine Ameise baut mancher Probleme auf,
trägt alles mühsam zusammen,
auf einen großen Hauf'.
Und noch ein Problemchen und noch eines mehr,
schlimm wärs, wenn nichts mehr zu stapeln wär'.

Sollte es einmal an Problemen fehlen,
kann man ja in einer Zeitung wählen,
da findet sich sicher ein guter Grund,
sich Sorgen zu machen ab dieser Stund.

Sogleich wird ein Problem, das andere erfunden,
zu den eigenen eingebunden,
und Gott sei Dank man hat wieder zu tun,
braucht nicht durch Problemlosigkeit
verzweifelt ruhn.

Hat wieder ein Steinchen für den Problemebau,
obwohl man es weiß, und zwar genau,
daß dieses Tun jeder Freude entbehrt,
und mit den Jahren an den Nerven zehrt.

Würde man emsig die Probleme lassen,
mit Gedankenkraft das Gute nur fassen,
dann könnte man dankbar und ohne Problem,
voller Tatkraft und Schwung durchs Leben gehen.

Manchesmal scheint's, daß der nicht richtig tickt,
der nicht in Problemen ist verstrickt,
daß einer, der Probleme nicht emsig häuft,
am wahren Leben vorüberläuft.

Kritik

Du trägst Kritik in deinem Herzen
und glaubst, dies sei dein gutes Recht,
weil du so edel und erhaben,
die anderen aber ungerecht und schlecht.

Tag für Tag, ja Stund' um Stunde,
achtest du, was andere tun,
kritisierst mit lockrem Munde,
läßt Groll und Hader niemals ruhn.

Ja, unfehlbar siehst du dein Handeln,
der anderen Schwächen sind dir klar,
bessern müssen sich die andern,
mit Kritik legst du das dar.

Durch der Worte Einsatzkraft
fühlst du kräftig dich und stark,
und du haderst und du zeterst,
daß es dringt durch Bein und Mark.

Was dich zu diesem Tun bewegt,
ist manchesmal die Frage.
Vielleicht ist's Neid, der sich da regt,
vielleicht ist Eifersucht die Plage?

Eins jedoch ist sicher:
Liebe ist es nicht!
Vielleicht sind es die eignen Fehler,
über die man spricht?

Drum hüte deine Zunge!
Von anderen red' nicht schlecht,
sonst kann ein Wissender erkennen,
welcher Eigenschaft du Knecht.

Noch ein Hinweis sei gegeben,
für die, die Negatives über andere reden;
Man wird selbst niemals höher stehen,
läßt man andere untergehen.

Der Streit

Drei Knaben auf einer Wiese spielten.
Zwei davon ihre Papierdrachen hielten.
Sie liefen hin und liefen her
mit Spaß und Freude immer mehr.

Der Dritte in der Runde,
er war in diesem Bunde
als Mitläufer, Zuschauer eingeteilt,
ist mit den anderen mitgeeilt.

Doch plötzlich wurde ihm bewußt,
daß er es selbst versuchen muß!
Er wollte einen Drachen!
Und flugs, geschwind, eh man's gedacht,
hat er den Schwächeren ausgemacht.
Mit Ringen und mit Schlägen
ganz stürmisch und verwegen
hat er den Drachen sich erkämpft.

Mit Siegerstolz, denn nicht verlierend,
hält er den Drachen triumphierend.
Beim Besiegten sich die Tränen lösen
über den Freund, den schlimmen, bösen.

Der dritte, der nicht angefochten,
in den Streit nicht eingeflochten,
schaut allem Treiben ruhig zu,
entschließt sich dann, ganz rasch, im Nu,

dem Weinenden seinen Drachen zu geben
und stellt als Zuschauer sich daneben.
Jedoch wie es das Leben oft so will
kommt der, der gesiegt hat, nicht zum Ziel.

Der Drache, den er mit Gewalt errungen,
dem Freund gewaltsam abgezwungen,
er will und will einfach nicht steigen,
seine Künste nicht mehr zeigen!

Der Versuch wird dreimal gestartet.
Jeder in einem Absturz ausartet.
Die Freude, der Triumph, sind abgeklungen,
kein einziger Start ist ihm gelungen.

Die beiden anderen sind in Freude vereint.
Der Verlierer auch nicht mehr weint.
Des Freundes Drachen seinen Flug erledigt,
ist er es doch, der nicht beschädigt.

Die Freude des Siegers hat nicht lange gewährt,
wurde doch durch seinen Kampf zerstört.
Was vorher sich mit Leichtigkeit erhoben,
bleibt nun vernichtet, liegen am Boden.
Die Freude am Erreichten war nicht lange gegeben,
vielleicht hat daraus er gelernt für's Leben?

Wird etwas mit Gewalt einem anderen entwendet,
in Glück und Freundschaft sicher nicht endet.
Gibt man jedoch aus Liebe weiter,
geht nichts verloren, macht nur heiter.

Glück, Freude und Zufriedenheit,
das alles ist dann gerne bereit,
auf beiden Seiten sich breit zu machen
und jeder kann schnell wieder lachen.

Was man lernt aus diesem Treiben?
Man braucht es sicher nicht beschreiben!
Ein jeder kann daraus erkennen,
daß Kampf und Streit vom Glück ihn trennen.

In der Stille liegt die Fülle
in der Ruhe liegt das Heil,
und die Liebe schafft Verbindung
ist die Lösung aller Pein!

ÄNDERE, WAS ZU ÄNDERN IST

Nicht Außen sind die Widerstände,
die zu besiegen du geneigt,
nur Innen kannst du niederreißen,
was als Hürde sich dir zeigt.

Nicht Außen mußt du ändern,
was dir nicht dienlich ist,
nur Innen kannst du demontieren,
was hinderlich da sprießt.

Die Kraft, die in dir sich verbirgt,
läßt schöpferisch dich walten,
im Außen darfst du stets erkennen,
im Innen dann gestalten.

PROBLEME

Probleme hab ich,
Probleme mach ich,
Probleme laß ich,
Probleme haß ich,
Probleme seh ich,
mit Problemen geh ich
und wiederum
vor Problemen steh ich.
Probleme zieh ich immer mit mir weiter.

Ich werde sie überwinden,
mit ihnen keine Bande winden,
ich werde sie einfach lassen,
nicht hegen und nicht hassen.

Ruhig werde ich weitergehen,
die Probleme laß ich stehen,
ich tausche sie ein,
wechsle sie aus,
sie sind nicht mein
stelle sie heraus,
geb ihnen die Freiheit, sich zu lösen,
nehme mir die Freiheit, mich zu lösen.

Schreite weiter ohne ihr Sein,
stelle mich nur auf Aufgabe ein.
Fühle mich so der Lösung nah,
weil die Lösung durch Aufgabe geschah!

Mit Ruhe und Besinnung

Wenn man weiß, daß es einem nicht gegeben
zu ändern, was geschehen,
dann sollte man doch danach streben,
im Geschehenen den tieferen Sinn zu sehen!

Gezetter und Geschrei
wird nichts erkennen lassen.
Mit Ruhe und Besinnung
wird man vielleicht ihn fassen,
den Sinn,
den Gewinn,
die Lehre, die in allem enthalten,
denn - sinnlos kann nichts walten.

Von Sinnen könnte den man nennen,
der das Gesetz will nicht erkennen,
daß einem nicht gegeben,
zu ändern, was geschehen.

Der Kurs Ihrer Zukunft

Ein sehr wichtiger Faktor in unserem Leben ist die Ernährung. Jedoch fast ebenso wichtig, wenn nicht sogar wichtiger, ist die Nahrung unseres Bewußtseins. Damit ist die Ernährung unserer Gedanken gemeint.

Der Gedanke ist die wahre, ursächliche Kraft im Leben. Wer sein Leben glücklich und lebenswert gestalten will, sollte, oder besser muß, damit beginnen, sich in der Gewohnheit zu üben, seine Gedanken zu kontrollieren.

Allzuoft sind die Menschen bereit, sich von negativen Gedanken gefangen halten zu lassen.
Sicher, es ist wesentlich leichter über jemanden oder etwas zu schimpfen, in allem und jedem einen Grund zum Ärger zu finden, zu grollen, beleidigt zu sein, neidisch auf die Erfolge anderer zu blicken, das Tun anderer kritisch zu verfolgen. All das sind aber negative Gedanken, sind negatives Gedankengut. Dazu gehört auch jede Art pessimistischen oder begrenzenden Denkens von Nichtgelingen, Sorgen oder Ängsten.

Geben Sie all diesen Gedanken einmal nur eine Woche lang keinen Raum, schenken Sie diesen Gedanken keine Beachtung und Ihre Lebensumstände werden sich in beglückender Weise verändern.

Nur Ihr verhaftet sein in den alten Gewohnheiten oder der Meinung "so bin ich eben", läßt es nicht zu, Ihr Leben von Grund auf zu verändern.

Es ist die Kraft unserer Gedanken, die es schafft, uns in eine höhere, reinere Schwingung zu bringen, die es schafft, unser Leben im positiven Sinne zu verändern.

Anfangs wird es vielleicht nicht ganz einfach sein, lassen Sie sich aber nicht beirren, halten Sie fest an Ihrem Wollen, auch wenn der Verstand sich einmischt und Ihnen sagen möchte, daß diese Anstrengung doch nichts bringt.

Es ist unser Verstand, der uns immer "logisch" beraten möchte, der uns immer sagen möchte, was geht und was nicht geht. Es ist der Verstand, der uns immer wieder Argumente liefert, daß etwas unmöglich sei, der uns den Glauben an die in uns vorhandene Kraft rauben möchte. Von Kind auf wurde uns erklärt, was man darf oder nicht darf, was man kann oder nicht kann, was möglich und was unmöglich ist, und wir haben uns daran gewöhnt, uns im Rahmen dieser Möglichkeiten zu bewegen. Unser Verstand sucht bei jeder Gelegenheit in der Erinnerung, in unserem Unterbewußtsein und präsentiert uns sodann einen Erfahrungswert oder erklärt uns: "So ist es und nicht anders!"

Ich lade Sie nun ein, neue Erfahrungswerte zu sammeln, indem Sie einfach beginnen daran zu glauben, daß sich Ihr Leben im Außen so gestaltet, wie Sie es im Innen manifestieren. Dieses Leben gehört Ihnen und es ist Ihre Aufgabe, die Verantwortung für Ihre Lebensumstände zu übernehmen. Was Sie aus Ihrem Leben machen und wie Sie es führen ist Ihre Entscheidung.

Deine Seele will Entfaltung,
deine Seele strebt zu Gott!

Kein anderer kann die Arbeit
für dich übernehmen,
so wie keiner für dich essen kann.

Auch atmen für dein Leben,
ist nur dir gegeben!

Entwicklung deiner Seele ist Aufgabe
von dir und von sonst niemand!
Die Kraft dazu liegt ebenfalls nur in dir
und niemand, außer du,
kann von dieser Quelle in dir schöpfen!

Gedankendiät

Ich habe mich auf Diät gesetzt,
hab viel mir vorgenommen,
hab ohne es anderen zu verkünden,
folgende Diät ersonnen:

Meine Gedanken, so hab ich mir gedacht,
werden einmal unter Kontrolle gebracht,
will damit sehen und ergründen,
wo sie oft verweilen und oft münden.

Bevor ich mit meinem Vorhaben begann,
legte ich mir eine Liste an.
Punkt für Punkt hab ich erfaßt,
wo Gewohnheit ist mein Gast.

Wie oft und mit welcher Begeisterung
ich mir negative Gedanken erlaube,
mir durch mein Verhalten selbst nur schade
und dann noch an ein Unglück glaube.

An einem Sonntag ging es los.
Ich fing voller Eifer an:
Schon stand die erste Prüfung ins Haus
weil statt Sonne, es zu regnen begann.

Schlechte Laune wollte mich erfassen,
die hab sofort ich losgelassen,
hab ihr zu verweilen nicht erlaubt,
damit der guten den Platz sie nicht raubt.

Der Tag verlief ruhig, ich hatte gut gewählt,
weil ein Sonntag eher zu den friedlichen Tagen
zählt.
Nur hin und wieder mußte ich die Gedanken fangen,
weil sie aus Gewohnheit in die Vergangenheit
sprangen.

Negative Gedanken über andere oder mich,
hab ich nicht zu Ende gesponnen.
Hab bewußt ein Manöver eingeleitet
und einen Austausch vorgenommen.

Im Laufe der Zeit durfte ich erkennen,
wie oft und wie leicht Verführung sich zeigt,
nicht nur mit Worten zu verletzen,
war auch gedanklich zu Tadel geneigt.

Negative Gedanken. die sind sehr tückisch,
zeigen sich mit harmlosem Gesicht.
Gibt man ihnen Freiraum, dann legen sie
ganz kräftig sich ins Gewicht.

Sie zeigen sich in Enttäuschung oder Groll,
in Kummer oder Sorgen,
in Neid und Kritik oder Zweifel am Morgen,
in Gedanken an Krankheit oder Not,
in Verurteilung andrer,
ja selbst im Hader mit dem Tod.

So mancher Gedanke flog mir zu,
um mich zu bringen aus der Ruh,
doch ich hab mich immer wieder besonnen,
destruktive Gedanken nicht angenommen.

Auch legte ich die Zeitung aus der Hand,
wenn sich Emotion mit der Nachricht verband.
Von heftigen Diskussionen hielt ich mich fern,
denn Einmischung hat sowieso keiner gern.

Verboten hab ich mir zu sagen oder zu denken,
daß ich etwas "nicht kann".
Daß etwas nicht gelingen wird,
strich ich aus jedem Plan.

Hoffnungslosigkeit, die mich wollt befallen,
die leise mich erfaßte mit ihren Krallen,
vertrieb ich ganz höflich, aber bestimmt,
damit sie im Herzen keinen Platz einnimmt.

Hat jemand über andere geschimpft und geklagt,
hab ich weder verurteilt noch etwas gesagt,
hab einfach meinen Mund gehalten.
Neutralität ließ ich so walten.

Nein, nein ich ließ mich nicht hinreißen,
bei solchen Fallen anzubeißen.
Wo bliebe denn da die Gedankendiät,
wenn solchen Verführungen man nicht widersteht?

Die ersten drei Tage brauchten viel Disziplin,
zu reinigen meiner Gedanken Sinn.
Die Diät, das sah ich, war bei Gott nicht leicht,
weil sich immer wieder so eine Gewohnheit
einschleicht.

Da war der Ehrgeiz immer Recht zu haben,
stur meinen Standpunkt zu vertreten,
beleidigt gleich von dannen zu ziehen,
um so mein Ansehen zu retten.

Auch so eine Falle, diese Besserwisserei,
die keine andere Meinung läßt gelten.
Lieber zieht man sich zurück und
gedanklich beginnt das Schelten.

"Vorsicht"! rief ich mir manchesmal zu,
wenn Eifersucht mich plagte.
Sei es, daß man einen anderen lobte
und zu mir keine Silbe sagte.

Die Eitelkeit hat mich oft geplagt,
weil flüsternd sie mir eingesagt:
Du bist besser doch andere trifft die Ehre,
gegen so ein Verhalten dich heftig wehre.

Oft kam mir vor, alle haben sich gegen mich
verschworen.
Jeder ist nur als Widersacher geboren.
Jeder ist nur auf der Erdenwelt,
damit er sich gegen meinen Diätplan stellt.

Aber so ist es wohl im Leben:
Man sieht immer Feinde, wo sie nicht gegeben.
Vermutungen sind der Gedanken Kind,
die man zu pflegen bereit ist geschwind.

Na ja, was soll ich noch sagen,
so am fünften Tag kam die Diät zu tragen.
Es wurde immer leichter,
den Durchblick zu wahren,
immer leichter, zu erkennen
der Gewohnheit Gefahren.

Prüfungen gab es hin und hin,
doch darin lag wohl der Gewinn.
So konnte ich meine Fortschritte sehen,
hoffnungsvoll die Aufgaben bestehen.

Und trotzdem schlich sich wieder Ärger ein,
wenn etwas nicht nach meinem Plan lief.
Jedoch, nun war ich schon geübter,
sofort diesen Ärger in Schranken rief.

Alles liebevoll zu akzeptieren
und nicht ständig zu kritisieren.
Mit Gelassenheit zu reagieren,
die Geduld nicht zu verlieren.

Es ist wohl wie bei jeder Diät:
Je freudiger man zu einer Sache steht,
umso leichter ist die Tat,
umso schneller geht auf die Saat.

Wenn es einmal ganz schwierig wurde
und ich keinen Ausweg sah,
flüchtete ich in ein stilles Gebet,
schon war die Lösung nah.

Am Ende der Zeit von nur sieben Tagen
war mit mir etwas geschehen:
Ich hatte mich verändert,
und das konnte jeder sehen.

Aber nicht nur ich, so kam mir vor,
war verändert, war anders, war glücklich und froh.
Auch meine Umwelt zeigte sich neu,
nein, es war kein Traum, es war tatsächlich so.

Ein Jubel erfaßte meine Seele!
Erkenntnis war mein Lohn:
Ich bin es, der sich verändern muß,
meine Umwelt ist immer Reaktion.

Ich bin es, der Negatives denkt,
der jedes Geschehen damit lenkt,
ich bin es, der mit positivem Gedankengut
mehr Freude hat und auch mehr Mut.

Sich zum Besseren wandeln, liegt in meiner Hand,
dazu gab mir der Schöpfer Gefühl und Verstand.
Ich bin es, der in meinem Leben Bewegung,
Veränderung schafft,
verwenden kann ich meiner Gedanken Kraft.

Ich bin es, i c h b i n e s, das wurde mir ganz klar,
der verändern kann was Gewohnheit war.
Dankbar sah ich auf die Woche zurück,
die für mich Erkenntnis war und Glück!

Das böse und das gute Wort

Du gabst ein böses Wort frei,
du hast es ausgesprochen.
Du ließest es über die Schwelle deiner Lippen,
es flog hinaus, berührte dein Gegenüber,
verwundete, verletzte ein Herz.

Nun fliegt es weiter, immer weiter,
schlägt einmal da und einmal dort
noch eine Kerbe, eine Wunde,
verbündet sich am Weg mit anderen bösen Worten,
weil Gleich und Gleich sich gern gesellt.
Und dieser bösen Worte Energie
vergiften Mensch und Welt.

Dieses böse Wort rollt immer weiter,
drohend, tosend, dunkel.
Doch irgendwann hat es erfüllt,
wozu es ausgesprochen,
kehrt zu dem Ausgangspunkt zurück,
an Kräften ungebrochen
und schlägt hier nun die letzte Wunde.
Genannt wird es dann "Schicksalsschlag".

Hast du einem guten Wort die Freiheit geschenkt,
hat es, weil ausgesprochen, seine Kräfte entwickelt.
Du kannst es beobachten:
Es hat eine milde Hand,
liebkost und streichelt, richtet auf und heilt.
Es tanzt und schwingt über Raum und Zeit.

Auch dieses gute Wort
verbindet sich mit seinesgleichen,
entwickelt dynamische Kraft,
schenkt Licht und Freude.
So eilt es segenbringend durch das All,
zurück zu seinem Ursprung,
läßt liebevoll sich nieder,
genannt wird es dann "Glückszufall".

"Im Anfang war das Wort!"

Toleranz

Tolerenz, du großes Wort,
irgendwann entstanden lebst du fort,
doch manchesmal machst du dich klein,
lebst nicht die Stärke, die in dir kann sein.

Viele anderen Worte plustern sich auf,
erschweren so deinen Lebenslauf.
Verdrängt wirst du von Eifersucht und Groll,
von Beleidigtsein und Heimzahlung Zoll um Zoll,
von Lieblosigkeit, Hader und Kritik,
und ziehst immer weiter dich zurück.

Toleranz, du großes Wort, ich bitte dich,
mach dich ganz groß und stark für mich,
laß Hand in Hand mich mit dir gehen,
und so die Menschen besser verstehen.

Freude, die wir schenken,
eilt zu uns zurück,
Liebe, die wir schenken,
ist unser größtes Glück.

Die Erinnerungskiste

Der Mensch, der erwachsene Mensch, lebt mit unendlich vielen gefaßten Meinungen, handelt aus Gewohnheiten oder erlernten Gesellschaftsregeln und aus mehr oder weniger bewußten Verhaltensweisen.

Er bewegt sich somit innerhalb schon erprobter oder erkannter Verhaltensmuster. Er arbeitet mit seinem Verstand, der ihm vermeintlich sicher sagt, wie etwas enden wird, wenn er sich so oder so verhält, er arbeitet mit Erkenntnissen, die er in der Vergangenheit hatte und so überlegt er, nach allen Regeln der Kunst, wie etwas zu machen ist, um erfolgreich zu sein, oder geliebt und anerkannt zu werden, oder eben bei anderen Menschen eine bestimmte Art von Reaktion zu erreichen.

Die Verstandes- oder Vernunftshandlungen, die aus einer Überlegung heraus entstehen, suchen immer in der Erinnerungskiste von gestern oder vorgestern, wie es schon einmal war, selbst, wenn es aus Erzählungen der Eltern oder Großeltern stammt.

Durch diese Überlegungen berauben sich viele Menschen ihrer Spontaneität. Sie versäumen es, aus der Intuition, die man ja den göttlichen Funken nennt, zu leben und zu handeln.

Gefühl kontra Verstand

Oft hab ich das Gefühl:
Das solltest du jetzt machen!
Da kommt gleich der Verstand
und fängt an laut zu lachen.
"Ich bitte dich" sagt er,
"du wirst doch nicht vergeben!
Dem Gefühl "Verzeihen",
dem mußt du widerstreben".

Ein anderesmal sagt mein Gefühl:
"Hier sollst du besser schweigen!"
Schon kommt der drängende Verstand:
"Hier mußt du deine Trümpfe zeigen!
Hier kannst du heftig diskutieren
und die anderen kritisieren!"

Oft sagt das Gefühl:"Sei klug, gebe nach!
Streit hat keinen Sinn!"
Da schreit der Verstand:
"Oh, diese Schmach,
du mußt dich beweisen!
Nachgeben bringt keinen Gewinn!"

Dann wieder sagt das Gefühl:
"Was du gestern gehört,
nimm es herein in dein Leben!"
Gleich ruft der Verstand:
"Ich bitte dich,
du wirst doch nicht nach neuen Erkenntnissen
streben!"

Ein anderesmal sagt mir das Gefühl:
"Geh diesem Mensch entgegen mit Herz!"
Da kommt der Verstand und sagt zum Gefühl:
"Du machst doch wohl einen Scherz?"

Dann wieder sagt das Gefühl:
"Laß deine Vorurteile sausen!
Sie haben keinen Wert!"
Da schaltet der Verstand sich ein:
"Im Gegenteil, sie sind ganz wichtig,
sie nicht zu haben ist verkehrt!"

Wie oft sagt das Gefühl:
"Hier hast du jemandem Unrecht getan!
Gehe hin und stelle richtig!"
Gleich sagt der Verstand:
"Das ist vorbei und sicher nicht so wichtig!"

Oft sagt das Gefühl:
"Schenk der Beleidigung kein Gewicht!
Man wollte dich sicher nicht kränken!"
Schon kommt der Verstand und redet dir zu:
"So darfst du wirklich nicht denken!"

Das Gefühl sagt oft:
"Mach eine Pause, sei nicht so hektisch, ruhelos,
immer in Eile!"
Der Verstand schaltet sich ein und meint:
"Ach komm, jetzt geht das nicht,
du schaffst es noch eine Weile!"

So hat man das Sprachrohr der inneren Stimme,
verstopft mit viel Verstand,
wundert sich, wenn Chaos herrscht,
meint, dieses Werk sei Gottes Hand.

Bei vielen wird er sich jetzt rühren, der Verstand,
und rufen: "Auch ich bin für dich von Gott geplant.
Hör mir doch auf mit Gefühl und Herz,
mit Freude und Glück und himmelwärts,
du brauchst mich, um richtig zu leben,
du brauchst mich unbedingt, um dein Ego zu
heben!"

"Ich bitte dich", sagt still und leise das Gefühl,
"laß mich gewähren in deinem Leben,
denn ich bin von deinem Schöpfer,
als größte Hilfe dir mitgegeben!"

Mache dich auf zu neuen Taten

Halte nicht fest, was zu halten nicht wert,
halte nicht fest, was zu halten verkehrt,
halte nicht fest, was gewesen sein will,
bring die Vergangenheit nicht ständig ins Spiel.
Sonst kannst am Neuen
du dich nicht erfreuen.

Ich bin es

Es kann das Gute nicht als solches wirken,
schenk ich Vertrauen dem, was Böses schafft,
es kann die Liebe Gottes sich nicht zeigen,
schenk ich dem Glauben nicht die Kraft.

Nie wird das Leid aus meinem Leben schwinden,
wenn ich zu leiden bin bereit,
wenn ich mit Ängsten, Sorgen, Kummer,
verschwende meine Lebenszeit.

Jede Stunde jeden Tages kann Freude in mir sein,
räum ich den anderen nicht Gestaltung meines Lebens ein,
geb ich den anderen nicht die Macht zu walten,
werd meisterhaft mein Leben ich gestalten.

Ich bin es, der da fühlt und denkt,
der allem was geschieht,
die Kraft der Wirkung schenkt.
Ich bin der Schöpfer meiner eignen Welt,
ich habe die Freiheit zu fühlen und zu denken,
zu halten und zu verwerfen, wie es mir gefällt.

Warum nur, warum?

Du hast Angst, daß niemand dich versteht,
daß deine Meinung untergeht,
du fürchtest dich
vor andrer mächtigem Getue,
gehst ängstlich deinen Weg,
bist hoffnungslos und ohne Ruhe,
erfüllst Erwartungen,
die viele an dich haben,
eilst und hastest,
läßt deine Seele darben.

Groß ist der Wunsch,
doch nirgends anzustoßen,
so machst du dich ganz klein
und dienst den Lauten, Großen,
hörst nicht, was deine innere,
leise Stimme sagt,
die immer, immer wieder
sich in dein Fühlen wagt.

Nur manchesmal spürst du in dir
dein offenes, weites Herz
und Freude überschattet
so manchen Weltenschmerz.
Du spürst die Liebe, die dich trägt,
die Sorgen, Kummer niederschlägt!
Du nimmst es wahr, das Licht,
das dir den Weg will weisen:
Und du beginnst,
den Gott in dir zu preisen!

Und wieder hast du Angst,
daß niemand dich versteht,
und wieder läßt du zu,
daß dieses Fühlen untergeht,
gehst ängstlich deinen Weg,
erfüllst Erwartungen, die andre haben,
und deine Seele und auch Gott,
die läßt du wieder darben.
Warum nur, warum?

Nur dann, wenn deine Not ganz groß,
wenn du zu brechen drohst,
wenn alles ohne Ausweg scheint,
wenn deine arme Seele weint,
bist du bereit, daran zu denken,
läßt dich von deiner inneren Stimme lenken,
findest so wieder das Licht, die Liebe,
denen du im lauten Weltgetriebe
vergaßest zu dienen!
Warum nur, warum?

Der Gott in dir

Du brauchst nicht zweifeln oder hadern,
nicht ängstlich oder freudlos sein,
du kannst durch deine Kraft verwandeln,
der Gott in dir vermags allein.

Und rufst du diese Kraft zum Schutze,
so wird Befreiung und Belebung dir zuteil,
du darfst erkennen, daß selbst Leid zum Nutze,
und stilles, ruhiges Vertrauen führt ins Heil.

Zweifel, Hader, Angst und Not,
sie werden sich verlieren,
Freude, Liebe, Mut und Gutes,
werden triumphieren.

Freude spannt die Flügel deiner Seele

Freude, Freude, Freude, Freude ist das Wort,
Freude ist die Energie, die dich hebt, trägt fort.
Freude läßt die Seele tanzend sich erheben,
Freude ist Magie, wirkt verzaubernd eben.

Freude ist der Seele Treibstoff,
ohne den so gar nichts läuft,
ohne den das Gute wegbleibt
und nur Mißmut sich anhäuft.

Läßt schrankenlos du Freude walten,
wird Kleinmut, Trübsinn ausgeschalten,
dein JA zur Freude fegt mit starker Hand hinaus,
den Ärger, den Groll aus deinem Gedankenhaus.

Freude läßt eine Quelle fließen,
die sich labend wird ergießen
über dich und deine Welt!
Du bist es, der die Weichen stellt!
Du bist es, der die Schleusen öffnen kann
und Freude fließen läßt zum Wohl für Jedermann.

Diese Freude muß in dir sein,
hol' nicht von außen sie herein,
Freude die im Außen dir geschieht,
oft und schnell sich wieder verzieht.

Freude an allem, auch an Schmerz und Leid,
bringt deine Seele in Vollkommenheit.
Das ist es!
Sie spannt die Flügel deiner Seele!

Behutsam und ganz leise
geht Liebe auf die Reise,
wenn du Humor und Lächeln wählst
und nicht die Fehler anderer zählst.

DIE SPRACHE DES HERZENS

Da schlägt ein Herz in meiner Brust,
schlägt fest und rhythmisch, voller Lust.
Es sagt mit jedem Schlag: Hallo,
solang ich schlage, sei du froh.

Es sagt: Laß dich durch nichts beirren,
laß dir nicht sagen, dich verwirren
du seist dabei, mich zu verlieren,
wenn du es schenkst den Menschen, Tieren.

Im Gegenteil, sagt mir mein Herz,
dadurch vergeht so mancher Schmerz,
und ich, weil ich so groß darf sein,
schlag freudevoll tagaus, tagein.

Selbst wenn du schläfst, hab keine Sorgen,
ich trag dich sicher in den Morgen.
Ich bin dein Diener jederzeit,
zu arbeiten und schlagen bin ich bereit.

Nur eine Bitte habe ich an dich:
Mach mich mit Gram und Leid nicht voll,
wenn ich für dich lange schlagen soll!
Und füllst du mich mit Haß und Neid,
verliere zu schlagen ich die Freud.

Dann werde ich eng und nimmer froh,
und schlage einmal so, dann so,
nicht rhythmisch und auch ohne Lust,
nur traurig und auch voller Frust.

Und weiter spricht mein Herz zu mir:
Wenn du mich groß machst, versprech ich dir,
ich schenke dir Schönheit, die von innen strahlt,
und Lebensfülle, unbezahlt.

Ich schenke dir Leichtigkeit und Mut,
denn mit einem großen Herz ist alles gut.
Ich schenke dir Begeisterung für alles, was ist,
weil ein großes Herz vergibt und vergißt.

Läßt du keinen Kummer an mir nagen,
so will ich auch Ängste und Feigheit verjagen.
Ich schenke dir Kraft, gib deinem Leben Sinn,
und mit Freude darfst du erkennen:
Ich bin, der ich bin.

So spricht das Herz in meiner Brust,
schlägt fest und rhythmisch, voller Lust
und sagt mit jedem Schlag: Hallo,
machst du mich groß, mach ich dich froh!

Hast du einem anderen Gutes getan

Hast du einem anderen Gutes getan,
dann freue dich und schweige,
denn fängst du darüber zu reden an,
erzählst da und dort, was du Gutes getan,
erwartest, daß man sich bedankt, dich lobt,
und von dir nur Gutes berichtet,
dann hat sich dein Tun
zwar auf Erden gelohnt,
doch der Lohn im Jenseits
ist vernichtet.

Weil du auf Erden schon Ehrung erfahren,
blieb das Konto im Himmel leer,
drum handle und schweige auf Erden,
damit sich die Ehr im Himmel vermehr!

Hast du einem anderen Gutes getan,
sei dankbar dafür, daß du es gekonnt,
schweigst du über das, was du getan,
dann hat sich das Gute gelohnt.

Was ist mir heute geblieben

Frag dich nach jedem Tag:
Was ist mir heute geblieben?
Hab Großes ich getan
oder sinnlos Zeit vertrieben?
Hab ich die Zeit gefunden,
in der die Seele rief?
Bin ich in Stille eingekehrt
in meiner Seele Tief?

Hab ich auch manchesmal gefragt:
Was ist für mich jetzt wichtig?
Oder hat mich Hast gejagt
zu tun, was gar nicht richtig?

Wo hab ich mich gebeugt
in Demut und in Güte?
Wo ist mein Zorn entbrannt?
Wo trieb das Nichtverstehen Blüte?

So vieles gibt es, sich zu fragen,
wenn der Tag sich senkt.
Einsicht sollte sein,
was jeder selbst sich schenkt!

Nicht hadern und nicht schelten,
weder mit sich, noch mit sonst irgendwem,
dem nächsten Tag eine Richtschnur geben,
und den Schutz zur Nacht in Gottes Hände legen.

Der Diamant

Die Seelen lagen einst ungeschliffen,
als rohe Edelsteine, in Gottes Hand.
Gar viele waren es, für IHN von großem Wert,
jedoch er fand:

Wenn ich sie so in meiner Hand,
als rohe Edelsteine halte,
sind sie von großem Wert,
doch wäre dieses Tun, sicher ganz verkehrt.

Da saß ER nun
und sah sich um,
erblickte so die Erde
und dachte sich: Der Ort ist gut,
damit ein jeder hier geschliffen werde.

ER öffnete weit seine Hände,
ließ fallen, was ER verehrt,
damit ein jeder Edelstein,
seinen Wert vermehrt.

Mit Liebe und mit Ruh,
sieht er nun unser Treiben,
wie wir uns miteinander schleifen
und aneinander reiben.

Mit Freude und mit viel Geduld sieht er,
wie wir uns mühen,
und wie bei diesem Schleifprozess
der Abfall muß verglühen.

Ein Edelstein schleift so
dem anderen Facetten,
ja, ungeschliffen blieben wir,
wenn wir nicht andere hätten.

So wird nun Leben für Leben
an einer Facette poliert,
bis jeden Rohedelstein
Facettenreichtum ziert.

Irgendwann, wenn jeder Edelstein
sprühend Feuer, funkelnd Licht,
ein Diamant,
kehrt er, im Wert gestiegen,
zurück in Gottes Hand.

So sicher

So sicher wie der Tag sich neigt,
wie Dunkelheit der Nacht aufsteigt,
so sicher wie die Sonne sinkt,
und Stern und Mond am Himmel blinkt,
so sicher ist das Leben,
für eines nur gegeben:
Du sollst, ob freudvoll oder durch Leid,
erreichen deine Vollkommenheit.

So sicher wie der Tag anbricht,
wie Dunkelheit vergeht durch Licht,
so sicher wird den Menschen klar,
daß nichts im Leben sinnlos war,
daß vieles war, weil er nicht spürte,
wohin ihn seine Seele führte,
weil er sich gegen alles stellte,
und stur und starr sein Wollen wählte.

Jedoch weil Tag nicht ist die Nacht,
und nachts auch keine Sonne lacht,
wird dann, wenn er erkennen will,
daß Widerstand nicht führt zum Ziel,
daß Angst und Dunkelheit sich lösen kann,
wenn Liebe und Harmonie im Lebensplan,
daß Glaube und Vertrauen Schutz ihm geben,
weil Wegweiser sie im Erdenleben,
sich verwandeln Finsternis in Licht,
so sicher, wie der Tag anbricht.

LICHT

Innen ist das Licht und innen ist die Freude,
innen ist die Liebe und innen ist das Glück,
arbeite mit diesen Kräften ohne Verweil
und göttliche Weisheit wird dir zuteil.

Aus dem Licht wird eine Flamme,
aus der Freude Jubelschrei,
deine Liebe wird bewegen
und still, ganz still ist auch das Glück dabei.

Alles was da in dir ist,
wird nach außen streben,
und erkennen darfst du so,
deinen Sinn im Leben.

Furcht hat mit Moral nichts zu tun,
drum brauchst du sie auch nicht hegen,
denn wenn sie zwischen dir und Gott steht,
und so die Liebe verhindert,
trennt sie dich vom wahren Leben.

Liebe

In mir brennt eine Flamme
die lodernd mich ergreift,
die lichterloh mich wärmt
und mich so langsam reift.

Dies Licht, ich nenn es Liebe,
wird außen sichtbar sein,
wenn meine Form zersprungen,
und dienend Gott allein,
sich in die Welt ergießt,
um wissend zu erkennen,
daß ER ja ALLES ist.

Angst

Die Angst in dir, stets zu versagen,
läßt dich nichts tun und auch nichts wagen,
glaubst so, Erfolg sei nur anderen beschieden,
dich hat er vergessen und gemieden.

Diese Angst hat deshalb solche Macht,
weil sie von dir verstärkt gedacht,
denk einfach, daß du erfolgreich bist
damit, es zu werden, nicht nötig ist.

An die Frauen

Ich sage den Frauen, den mutlosen, lauen,
erhebt eure Herzen,
verweilt nicht in Schmerzen,
verändert durch eure Liebe die Welt,
indem ihr sie in den Mittelpunkt stellt.

Sprengt eure Ketten,
die fesselnd eure Herzen umgeben,
sprengt alle Ketten,
die euch hindern die Liebe zu leben.

Laßt euch nicht sagen, was zu tun so wichtig,
ihr fühlt es, ihr wißt es, was zu tun ganz richtig.
Das Leben ohne Liebe ist zu leben nicht wert,
Haß, Neid und Eifersucht sind verkehrt.

Sie sind die Gesellen,
die machtvoll sich stellen,
gegen den Willen das Gute zu tun,
drum laßt diese Eigenschaften ruhn.

Nicht hilflos und lau
sei das Herz einer Frau,
sondern offen und weit,
zu verändern bereit,
zu nutzen, was euch von Gott gegeben,
die göttliche Kraft der Liebe zu leben.

An die Männer

Ich sage den Männern,
auch ihr könnt verändern,
wenn ihr Gefühl und Liebe lebt
und nicht nach Macht und Geld nur strebt.

Wenn ihr den Verstand in die Herzen legt
und nicht "die Liebe zur Macht" euch bewegt,
sondern die Macht der Liebe es ist,
die aus euren Herzen sprießt.

Sprengt eure Ketten,
die fesselnd euren Kopf umgeben,
sprengt alle Ketten,
die euch hindern die Liebe zu leben.

Schenkt dem Gefühl im Herzen Raum,
haltet eure Intuition nicht im Zaum,
Haß, Neid, Eifersucht und Macht,
haben noch nie Erfüllung gebracht.

Sie sind nur bereit,
zu vermehren Leid,
drum laßt diese Eigenschaften ruhn,
seid bereit, mit Liebe das Gute zu tun.

Nur du allein

Wenn du dich traurig fühlst und leer,
bedenke immer, du bist es,
der die Dinge nimmt schwer,
bedenke immer, du bist es,
der die Trauer hegt,
der das Denken, Fühlen prägt.
Von deinem Bewußtsein hängt es ab,
du hälst in der Hand den Zauberstab.

Wenn du traurig bist, ist alles traurig um dich,
traurig sind die Bäume,
traurig hängt jeder Blumenkopf,
traurig ist des Windes Lied und
traurig selbst der Sonne Schein,
kein Jubel dringt in dein Herz hinein.

Kannst du bewußt dein Programm verändern,
umsteigen in den Freudenzug,
dann wird dein Weltbild sich verwandeln,
du wirst erkennen des Bildes Trug.

Denn hebst du dein Herz,
so wird der Blume Kopf sich heben,
hebst du dein Gemüt,
so wird der Baum in Schönheit sich beleben,
der Wind singt dir ein Lied,
kein schöneres hast du je gehört,
und alles was dich hat gestört,
wird plötzlich ohne Wirkung sein,
dies alles hast nur du bewirkt,
nur du allein.

Gedanken

Ich kann mir nicht denken, daß Gott es so will,
daß ich nicht erreiche mein Daseinsziel!
Daß er mir nur Schwierigkeiten bereitet,
und mich mit Strafe und Schadenfreude begleitet!
Daß mir auf Erden jedes Glück ist verwehrt
und nur ein Schicksalsschlag mich eines Besseren
belehrt!

Ich kann mir nicht denken, daß es des Lebens Sinn,
daß ich nur geknechtet und unglücklich bin!

Ich denke, daß Gott mich aus Liebe erschuf
und liebevoll wartet auf meinen Ruf,
mit Güte und Geduld mir die Freiheit räumt ein,
seine Hilfe zu suchen oder zu gehen allein.

Er drängt sich nicht auf, schreibt auch nichts vor!
Er wartet geduldig, bis ich öffne das Tor!
Bis ich bereit bin die göttliche Liebe zu akzeptieren,
Ängste und Hoffnungslosigkeit so kann verlieren!

Hab ich gelernt mit heiterer Gelassenheit zu leben,
dann ist mir auch die Gnade gegeben,
zu wissen, daß der unendliche Geist, Gott,
für mich alles läßt geschehen
und mir die Freiheit gibt die Dinge so zu sehen,
wie sie zu sehen ich bin bereit:
Als Hilfe und Glück oder als Strafe und Leid.

Ich weiß es gewiß und mir wird klar,
daß Gott nie lieblos oder strafend war!

Dunkelheit

Gestern abend hab ich mich schlafen gelegt,
hab wohlig mich unter der Decke gestreckt,
schloß meine Augen und
ließ Revue passieren den vergangenen Tag!

Ein paar Geschehnisse sind mir in den Sinn
gekommen.
Plötzlich habe ich begonnen,
mir Sorgen über dies und jenes zu machen,
Sorgen über längst vergangene Sachen.
Kummer bewegte mein Herz!

Wie schwarze Vögel kreisten meine Gedanken.
Ängstlich, ja angstvoll sah ich alles wanken,
was tagsüber noch sicher und klar
und kein Anlaß zur Ängstlichkeit war!

Diese Vögel verdunkelten schwirrend meine Sinne,
sodaß ich keinen Durchblick gewinne.
Was suchen sie in meiner Näh?

Wollen die sich womöglich niederlassen?
In meinem Kopfe Fuße fassen?
Um hier Nachwuchs auszubrüten?
O Gott, das muß ich verhüten!

Gut, sagte ich, ihr dunkles Getier,
ich sehe euch kreisen jetzt und hier,
aber ein Nest zu bauen, lasse ich nicht zu!

Verfliegt, ich habe euch erkannt!
Kummer, Sorgen und Ängste werdet ihr genannt!
Ich habe euch nicht gerufen!

Wer braucht schon Kummer, Ängste und Sorgen?
Solch schwarze Vögel in der Nacht,
ihr habt mit eurem Gekreische
noch nie eine Lösung gebracht,
mir nur den Kopf schwer gemacht!

Husch, husch, erhebt euch,
verlasset mein Haupt!
Nester zu bauen, wird euch nicht erlaubt!
Ich brauche meine Ruhe!

Erst haben sie sich ein bißchen geziert,
meine Ablehnung dann doch akzeptiert,
haben mit einem Flügelschlag sich erhoben
und sind ganz schnell davon geflogen.

Tief atmete ich ein und rief mir zu:
Mutig und tapfer meine Liebe, warst du,
weil du sie verscheucht und verjagt,
zu nisten und sich zu vermehren ihnen untersagt!

Glücklich zog ich meine Decke bis zum Kinn,
kuschelte mich ganz wohlig darin.
So wird es in Zukunft immer sein,
beschloß ich und schlief ruhig ein!

GEGENSEITIGKEIT

Die Erde ist von paradiesischer Schönheit. Reich an Schätzen und reich an unendlicher Vielfalt. Sie dient dem Menschen einerseits um seine Bedürfnisse zu decken und sich an der Schönheit zu erfreuen, andererseits ist sie jedoch auch die Ebene, die uns als seelisches Entwicklungsgebiet dient.

Wenn der Mensch doch erkennen könnte, daß er, ohne Erde nicht in seiner Form leben kann, daß er die Erde und alles was darauf lebt braucht, um selbst existieren zu können.
Alles Leid, das er der Erde zufügt, fügt er sich selbst zu. Alle Schönheit, die er vernichtet und zerstört fehlt ihm selbst.

Erde und Mensch sind eine Symbiose und können nur in gegenseitiger Liebe und Hingabe leben bzw. existieren.

Der Mensch, die Menschheit, sollte umdenken lernen. Wir sollten uns von unserem egoistischen Nehmenwollen hin entwickeln zum Gebenwollen.

Freunde, Mitarbeiter und Liebende des Universums zu werden, darin sollten wir unsere zukünftige Aufgabe sehen.

Freund dem uns liebenden unendlichen Geist (Gott), indem wir, so wie Er, den "Willen zum Guten" walten lassen und dieser Energie Ausdruck geben, weil durch den schöpferischen Menschenfreund auch die göttliche Absicht gefördert wird.

Mitarbeiter im Sinne von verantwortlichem Mitgestalten und Miterhalten der paradiesischen Schönheit der Erde und damit des Universums. Mitarbeiter in liebevoll-einsichtiger Tätigkeit durch Erweiterung des Bewußtseins, durch Einsicht und Erkenntnis unserer Mitverantwortung und vor allem durch mehr Ehrfurcht vor allem Lebendigen.

Liebender, indem wir die uns geschenkte Liebe nicht zurückweisen sondern zurückgeben. Indem wir als Liebender in Hingabe und Dankbarkeit an den unendlichen Geist (Gott), uns als würdiger Teil der Schöpfung zu erkennen geben.

Ursache und Wirkung ist ein universelles Gesetz, und wer dieses Gesetz verstehen lernt, wird die Größe und Gnade darin erkennen und nützen dürfen.

Das Leid der Erde

Ich habe mein Ohr an die Erde gelegt,
um zu lauschen was sich da drinnen regt.
Ich hörte ein Ächzen und Stöhnen,
ein Rumoren und ein Dröhnen,
ich hörte das Herz der Erde,
es hat ganz ängstlich gepocht!

O, liebe Erde, hab ich sie gefragt,
was läßt deinen Puls so rasen,
dein Herz so ängstlich schlagen,
kannst du mir den Grund dafür sagen?

Ach, klagte sie, mein Leben ist schwer,
und schwer die Bürde die ich trage.
Und die allergrößte Pein bereitet mir
die Menschheit, diese Plage.

Weißt du, sagt sie mir,
ich bin als große Wesenheit,
ein wunderschöner Planet,
der schönste vielleicht im Planetensystem,
das sich um die Sonne dreht.
Die Schöpfung hat mich einst als Paradies gedacht
und mich daher so wunderschön gemacht.

Weil ich so schön, so prachtvoll bin gelungen,
wurd ich als Lebensraum begehrt,
von Seelen, die sich inkarnierten,
wurde ich verehrt.

Ja, lange ist mein Dasein schon,
viel Millionen Jahr,
und wissen mußt du auch,
daß ich einst schöner war.

Ach, liebe Erde, sage ich,
du bist auch heut noch schön,
sonst würden doch die Menschen
viel lieber von dir geh'n.

Du glaubst, weil ich so schön,
woll'n hier die Menschen leben,
ich denke, daß du irrst,
was anderes ist ihr Streben.

Einst wurde ich verehrt,
heut nur mehr ausgeleert,
nichts will man mir mehr lassen,
man raubt mir was zu fassen,
man plündert mich, wo es nur geht,
und schlägt mir tiefe Wunden!

Sieh mich doch an, o Menschenkind,
wie meine Schönheit schwindet,
wie sich die Vegetation
in Schmerz und Leide windet,
sieh mich doch an, wie ich
verschmutzt, verwüstet bin,
so schmerzhaft abgebrannt die Haut,
verödet ohne Sinn.

Sieh mich doch an,
wie meine Kruste wird vergiftet,
meine Gewässer total vernichtet,
wie man — oh tut das weh —
auf Rücksicht ganz verzichtet!

Da fragte ich die Erde,
ganz zaghaft und ganz leise,
gibt es für dich den Fortbestand
auf diese Art und Weise?

Wenn ich in meinem Dasein
ein bißchen rückwärts blicke,
hab ich schon viel erlebt,
es gab auch schon mal Zeiten,
da habe ich gebebt.
Ich hab mich auch verändert,
ließ untergehen ganze Kontinente,
indem ich einfach einen Teil
von Land ins Wasser senkte.
Ich habe auch, das sag ich stolz,
so manchen Stein ertragen,
der aus dem Weltall mich da traf
und mir wollt an den Kragen.
Da hab ich mit Geschick
das Gleichgewicht gehalten,
war nur für einige Zeit erschöpft,
jedoch nicht ausgeschalten.

An dem seh ich doch, liebe Erde,
du hast schon viel gemeistert,
ließt dich nicht unterkriegen,
ist dir dies nicht ein Ansporn,
auch diesesmal zu siegen?

Ja, ja, sagt sie, ich hab mich auch bemüht,
gab mich nicht gleich geschlagen,
doch was mit mir in letzter Zeit geschieht,
das ist nicht zu ertragen.

Ich kann, das geb ich zu,
in mir, aus eigner Kraft, ergänzen,
das braucht jedoch Zeit und
hält sich auch in Grenzen.
Sieh mich doch an, ich liege fast in Argonie,
bin fiebrig, ohne Atem,
meine Lunge wird zerstört,
bin machtlos, kann nur warten.
Ja, ich stöhne und ich ächze,
ängstlich schlägt mein Herz,
winde mich in meiner Not
und in meinem Schmerz.

Ganz betroffen von dem Leid
frage ich die Erde
ob sie denn sterben werde?

Da schweigt sie lange, denkt wohl nach,
wie sie die Lage sieht,
was es für Möglichkeiten gibt
und was vielleicht geschieht.

Und fester noch drück ich mein Ohr
an ihr glühendes Gesicht,
umfange sie mit meinen Armen
und höre, wie sie spricht.

Ich kenn den Plan der Schöpfung nicht,
kann sein, ich muß verglühen
und nichts kann auf mir leben,
nicht eine Blume blühen.

Kann sein, ich bleibe Paradies,
wie es einst war geplant,
und nur der Mensch in seinem Wahn,
vernichtet sich nach eignem Plan.

Kann sein, ich komm' in eine schwere Krise,
gleich einem Schüttelfrost,
und ich beb in Fieberhitze und
es schüttelt mich und stoßt,
alles, was mich wollt vernichten, ab von mir.

Ich mein, es könnt auch sein,
weil mich die Menschheit nicht mehr liebt
und damit keine Kraft, keinen Schutz mir gibt,
daß ein Komet oder sonst ein Geschoß aus dem All,
auf mich stürzt in tosendem Fall,
mich vernichtet, weil ohne Abwehrkraft,
und so neue Dimensionen schafft.

Wie gesagt, ich kenne nicht der Schöpfung Plan,
mit mir in nächster Zeit, alles passieren kann.

Als Wesenheit Erde sage ich dir,
mein Zustand ist eine Qual,
ich drehe mich erschöpft und leer, verschmutzt
und ungeliebt von den Menschen im All!
Ich bin so erschöpft, so ausgelaugt,
lass' willenlos alles geschehen,
ich könnte fast sagen, es ist mir egal,
ob ich bleibe oder muß vergehen!

Oh, liebe Erde, ich bitte dich,
ja, ich flehe dich an,
sag, wie man dir helfen,
dich retten kann?

Eine Chance gibt es noch, das gebe ich zu,
es wäre die Besinnung vom Ich zum Du,
wäre die Liebe zu mir als Planet,
wäre die Erkenntnis, daß es so nicht weiter geht.
Wäre, den Egoismus einzusehen,
mit Bewußtsein neue Wege zu gehen.
Das wäre die Rettung der Menschheit und meine!

Ich setze mich auf,
und Tränen laufen über meine Wangen,
mich ergreift tiefes Mitleid
und heftiges Bangen.
Ganz zart streichle ich der Erde Kleid
und verspreche ihr aufrichtig,
ich bin bereit.
Ich will dich lieben und ehren,
dich schonen und pflegen, wo ich nur kann;
und wär ich die Einzige, ich fange an!

Sei wie ein Schilfrohr im Wasser,
beuge dich dem Sturm
und schlage keine Wellen.

Gespräche mit einem Stein

Da liegt ein Stein in meiner Hand.
Hat er mir was zu sagen?
Darf ich ihn etwas fragen?

Ich halt ihn fest und frage:
Wo warst du einst gelegen?
Mit welchem Ziel im Sein
bist du wohl auf den Wegen?

Er spricht: "Ich war vor langer, langer Zeit
im Schoß der Mutter Erde,
nicht Form hatt' ich, noch war ich Stein,
dacht auch nicht, daß ich's werde.

Doch irgendwann da wurde ich,
weiß nicht wie es geschah,
aus dieser Einheit rausgeschleudert,
getragen wurd' ich durch ein Feuer,
durch Hitze, Flamme ungeheuer,
gehoben wurd' ich hoch empor
um fallend abzukühlen,
konnt so den Ausbruch und den Fall
in einem Vorgang fühlen.

Als stolzer Fels stand ich nun da
und blickte in die Runde,
um mich herum war vieles noch,
mit meinem Sein im Bunde.

Einst, sagt er mir, war ich sehr groß,
ja riesig fast zu nennen,
war stolz und hoch und kantig,
als Fels so zu erkennen.
Besaß auch viele Ecken,
mich konnte man zu dieser Zeit
in keine Tasche stecken.
Da stand ich nun gar tausend Jahr
und mußte viel ertragen,
konnt mich für alles Ungemach
bei niemanden beklagen.

Ich stand in Demut schweigend,
ausgeliefert der Natur,
Jahre, Wind und Wetter
prägten an mir ihre Spur.

Meine Spitzen, Ecken, Kanten
wurden langsam aber stet
gerundet und geschliffen,
so wie's auch dir im Leben geht.

Irgendwann im Lauf der Tausenden von Jahren
war ich so reduziert,
verlor den Stolz und Hochmut,
und ging ganz unbeirrt
als Stein so meine Wege.
War immer noch nicht klein und schwach,
ohne Standpunkt aber rege.

So lebte ich mal hier, mal da,
mal zugedeckt von Erde,
mir war's egal, denn mir war klar,
mein Sein ist nur ein "Werde".

Auch hab das Meer ich schon gesehen,
lag dort am Strand mit Vielen,
ließ Sonne, Wind und Wasser
mit meinem Dasein spielen.

Dort hob mich eine Menschenhand
und trug mich fort in fremdes Land.
Da wurde mir so richtig klar,
daß ich, einst riesig, untragbar,
nun klein und trotzdem schön,
meinen Weg zu Ende muß geh'n.
Wo ich liege, wo ich bin,
es hat alles seinen Sinn!

So spricht der Stein in meiner Hand,
und in mir reift die Frage:
Wie kannst du deine Wege geh'n,
wenn ich dich nunmehr trage?

O, liebes Kind, sagt er geschwind,
was ist die Zeit von Jahren,
auch du kannst mich, das weiß ich schon,
nicht ewig aufbewahren.

Ich werde einst, das ist mein Ziel,
ein winzig Staubkorn sein,
und so geh' ich, welch großes Glück,
wieder in die Einheit ein.

Das Wunder

So viele wünschen sich ein Wunder,
ein Wunder müßte mal geschehen,
doch ist ein Wunder Wirklichkeit,
dann kann man es nicht sehen.

Ja wundersam, rätselhaft mag vieles erscheinen,
doch Wunder sucht man nicht im Kleinen,
ein Wunder muß etwas Spektakuläres sein,
sonst kann man sich daran nicht erfreun.

Würdest du die Sterne am Himmel
nur einmal in deinem Leben sehen,
so wäre für dich ein Wunder geschehen,
würde eine Rose nur einmal in tausend Jahren
blühen,
so würdest du dich, dieses Wunder zu erleben,
mühen.

Würde nur einmal in deinem Leben ein Apfel reifen,
könntest du dies als Wunder begreifen,
würde es nur eine einzige Schneeflocke geben,
würdest du andachtsvoll dieses Wunder erleben.

Drum sollte das Gebet nicht Wunder erflehen,
sondern, die vorhandenen Wunder erkennend zu
sehen,
es bräuchte niemand auf Wunder hoffen,
wäre er für die vorhandenen täglichen Wunder
offen.

GÖTTLICHE LIEBE

Und gebe es die Liebe nicht,
nie wäre Welt entstanden,
drum, wenn die Liebe sich verliert,
kann Welt sich auch nicht halten.
Die Liebe ist, was hält und bindet,
wo Gegensatz zur Einheit findet,

Aus Liebe ließ uns Gott entstehen,
gedacht als Ebenbild von ihm,
und Geist gab er uns zu erkennen,
daß, wenn wir dieser Liebe flieh'n,
wenn wir uns selbst zu Göttern machen
und seine Liebe nur verlachen,
wenn wir so gottlos vegetieren,
und diese Liebe nicht quittieren,
dann wird die Liebe Gottes leer,
und Welt die gibt es nimmermehr.

Verschwendet haben wir die Liebe,
zertreten durch die Hast im Tun,
und können, weil die Leere spürend,
noch weniger im Habenwollen ruhn,
werden so einer Bombe gleich,
die Zündstoff verdichtet,
und sich selbst vernichtet.

Geben wir IHM Liebe nicht zurück,
zerstören wir selbst die Brücke zum Glück,
lassen wir Gott nicht mehr existieren,
wird sich unser Sein im Nicht-Sein verlieren.

Erst wenn wir als Empfänger und Sender der Liebe agieren,
wird Einheit und Harmonie von Mensch zu Mensch,
von Mensch zu Gott und wieder zurück regieren,
erst wenn wir lernen die Liebe zu leben,
wird uns Erlösung vom Kreuze heben.

Dieses Buch ist kein Kochbuch im herkömmlichen Sinne — es soll den Leser anregen, liebgewonnene Denk- und Ernährungsgewohnheiten zu ändern, um gesünder, schöner, beweglicher, lebensfroher und aktiver zu werden — und dies bis ins hohe Alter zu bleiben.
Die Autorin führt in einfühlsamer Weise in die Zusammenhänge zwischen Körper, Geist und Seele ein. Jeder kann seine geistige und physische Leistungskraft steigern — mit der richtigen Ernährung aus naturbelassenen Zutaten und einer positiven Lebenseinstellung!

Versand durch

UNIPRESS Verlag Salzburg

ISBN-3-85419-120-0

Herta Steiner

Du bist, ganz fraglos, wichtig

Schön daß es Dich gibt

Dieser Gedichtband mit seiner besinnlichen, anmutigen Poesie wird besonders alle "Glücksuchenden" und jene Menschen ansprechen, die mehr aus ihrem Leben machen wollen.

Versand durch
UNI-PRESS-Verlag Salzburg
ISBN 3-85419-121-9